AF395403

Rigmor Windahl

Låt framrutan vara större

än bakrutan

Otrohet – en katastrof eller en väg framåt?

Förlag: BoD – Books on Demand, Stockholm, Sverige
Tryck: BoD – Books on Demand, Norderstedt, Tyskland

ISBN: 978-91-8057-307-8

Jag kommer att lämna dig!
Tanken svindlar som kajor, som lyfter från taken
och svischar iväg i flock upp i närmsta träd. Varför
tror de att det är bättre där?
Olle önskar att han var en av dem, att han fick
lyfta och försvinna upp på översta våningen och
sedan liksom kajorna svinga sig upp i trädet och få
ett nytt perspektiv på situationen. Berit sitter
hopkrupen i soffan och yttrar inte ett ord mer än
denna ödesdigra, slutgiltiga dom.

Detta minne kommer över henne när hon joggar
fram i duggregnet. Den fysiska vällust hon känner
försöker övertrumfa det jobbiga minnet, men
känslan av meningslöshet och övergivenhet har
tagit ett fast grepp om henne. Hon drabbas av
lyckliga minnen från förr, men plötsligt dyker hon

upp med penna i handen, munnen som ett streck
och förpassar Olle ut ur sitt liv. Med vilken rätt?

Oändligheten sänker sig över henne. Hon står som
fastfrusen mitt ute i skogen och känner hur det
förflutna och framtiden krockar. Hon skulle så
gärna vilja se historien, nuet och framtiden som
en kurva utan avbrott, men nu är det i stället tre
olika avsnitt, som i en TV-såpa med sorgligt slut.
Hon hämtar andan och känner att luften är kylig.
Det droppar från håret ner på ryggen, en rännil
från nacken ner mot troskanten. Trots att hon gör
detta ofta känner hon sig helt utpumpad idag.
Istället för att försöka slå sitt gamla rekord går
hon med långsamma steg den sista biten.
Våren är här enligt almanackan, men i kroppen
känns det höst. Varför är jag så känslig denna tid?
tänker Berit. Varför är det så viktigt att få uppleva
de första värmande solstrålarna, de första gula
tussilagona, blåsipporna, som uti backarna stå
samt alla små lökväxter som hon stoppade ned i
jorden i höstas och som nu mot alla odds tittar
upp ur mullen. Jag tror att det hänger ihop med
livet. Livet återvänder med ljuset, även om
temperaturen inte går upp så högt så spirar det
försiktigt under det torra fjolårsgamla gräset och
efter en lång livlös vinter längtar hela kroppen
efter dessa första livstecken i naturen.

Det är som om jag identifierar mig med min omgivning och känner hur varje blomknopp bara längtar efter att få slå ut och varje löv darrar av upphetsning att få brista ut. Men jag måste behärska mig, hejda mig, som Robban Broberg sjöng i sin livsbejakande låt. Samtidigt känner jag tillfredställelse över att jag fortfarande kan uppleva denna intensitet och att jag inte har blivit blasé. Förhoppningsvis gäller detta även andra saker i livet. Förmågan att förundras, är en gåva som jag hoppas jag aldrig tappar eller blir av med. Den fysiska känslan av välbehag kolliderar med minnena från förr. Hon känner sig tudelad.

På andra sidan jorden promenerar Bertil på Delhlis gator. Värmen är tryckande, men han märker knappt det. Han har upptäckt en ny del av staden och känner hur han får ny energi av att utforska dessa trånga gränder. Plötsligt springer en fet råtta över gatan. Han får utföra ett litet krumsprång för att inte krocka med den. Men lika fort som den dyker upp lika fort är den borta. Istället befinner han sig plötsligt bland en mängd stånd med kläder, smycken och massor med krimskrams. En doft han tidigare inte känt drabbar honom nu.

Han blir som förhäxad, följer lukten och befinner sig, utan att veta hur han kommit dit, framför ett litet bord med några rökelsepinnar. Röken sveper över bordet och in i hans näsa. Han börjar nysa, men känner en otrolig tillfredställelse, nästan lust.
- Vad är detta för rökelse? frågar han kvinnan, som står bakom bordet.
Hon tittar förvånat på honom och säger på knagglig engelska att det är guden Shivas favoritrökelse.
- Kan man få köpa ett paket? frågar Bertil. Kvinnan ser ännu mer förvånad ut och skakar på huvudet.
- Denna rökelse får bara användas i templet. Bertil tittar sig omkring och inser strax att han är i ett hinduiskt tempel. Det är ganska mörkt och skumt. Det enda som antyder att han befinner sig på helig mark är några knäböjande kvinnor lite längre bort. Plötsligt hör han skrik och några män kommer in, rullande på golvet från sidan och fortsätter att rulla och skrika till dess de når andra sidan av rummet.

Han känner en plötslig olust. En märklig stämning infinner sig och Bertil rör sig inte ur fläcken trots att hela hans inre gör uppror och ropar "försvinn härifrån" Han sjunker ned på en liten pall i ett mörkt hörn. Det dröjer inte länge förrän ytterligare rullande män kommer farande och nu ser han hur några kvinnor rör sig i riktning mot männen med trasor eller handdukar, som de torkar männens ansikten med. Plötsligt är det alldeles tyst i rummet och bara den förrädiska doften sprider sig i lokalen. När männen reser sig upp med hjälp av kvinnorna förstår Bertil att de är påverkade av något slags drog. De klarar knappt att gå utan får stötta sig på kvinnorna, som för in dem bakom ett draperi. Sedan utbryter ett tumult. Bertil förstår inte om ljuden bör uppfattas som uttryck för njutning eller fara. Kvinnorna jämrar sig och utstöter oförklarliga ljud med jämna mellanrum. Kvinnan med rökelsepinnarna och de andra i rummet verkar dock helt oberörda. Värmen är nu nästan outhärdlig så Bertil reser sig sakta upp och går mot utgången utan att göra för mycket väsen av sig. När han kommer i närheten av rökelsebordet känner han en tvingande lust att återvända till sitt mörka hörn, men övervinner denna känsla och befinner sig plötsligt ute på den soldränkta bakgatan. Där ute är trängseln och värmen tryckande, larmet öronbedövande. Det känns som om han inte behöver röra på fötterna för att förflytta sig. Kanske skulle han anlända till någon exotisk plats om han bara lät sig föras med av folkmassan.

I detta myllrande folkhav grips han av en känsla som han inte känner igen, en längtan till något okänt kanske rent av farligt. Upplevelsen inne i templet har påverkat honom.

-Varför utsätter jag mig aldrig för situationer jag inte rår över frågar han sig. Han vet att han är ett kontrollfreak och att han inte känner sig bekväm när någon annan tar befälet, men samtidigt upplevde han dessa rullande män som något lockande och inspirerande. Att tappa kontrollen, är det det som fattas i hans liv? Han tänker på sitt välordnade liv hemma i Sverige, sin trevliga fru, sina mysiga ungar sin stora lägenhet centralt i stan och sist men inte minst sitt välbetalde jobb som rektor på en privat gymnasieskola. Detta är sådant som de flesta svenskar strävar efter hela livet, ett socialt och intressant liv. Varför infinner sig plötsligt denna livströtthet?

- Hello, you want to come with me and relax? Plötsligt befinner han sig öga mot öga med en ung vacker kvinna, som ställer denna mycket påflugna fråga. Utan att fundera eller tänka efter svarar han.
-Yes why not. De går sida vid sida och han befinner sig i ett läge mellan eufori och desperation.
-Vad har jag gett mig in på tänker han, men känner samtidigt att lustkänslan från templet infinner sig och sluter ögonen, tar kvinnan i handen och låter sig ledas, vart vet han inte.

Berit har nu kommit fram till sitt mål och bestämmer sig för att ta ett snabbt dopp i sjön innan hon hoppar in i duschen. När det kalla vattnet omsluter henne inser hon att detta med kontraster är viktigt i hennes liv. Snabbt upp och in i duschen, som naturligtvis avslutas med en kall avhyvling!

Ingenting fattas mig, säger hon högt för sig själv när hon några minuter senare sitter på bryggan med sin kopp kaffe. Hon har valt att bo lite ensligt och enkelt, men får å andra sidan följa naturens växlingar. Hennes liv är starkt förknippat med det som händer omkring henne. Det är som om det finns en osynlig nerv mellan det som händer i jorden på våren och hennes eget nervsystem.

Kanske beror hennes känslighet för naturens växlingar på hennes jobb. Hon jobbar som skolsekreterare på en privat gymnasieskola och måste vara skärpt och disciplinerad hela dagarna. Egentligen är det hon som är rektor brukar hon skämta om, eftersom hon schemalägger alla klasser, ser till att all information går ut till alla i början på terminen, håller ordning på lärarna och skriver ut tjänstgöringsscheman till all personal. Rektor skall godkänna alla dokument, men det är hon som gör jobbet. Det är till henne alla kommer när något oförutsett inträffar eller om man vill ha hjälp med något. Det krävs att hon har full kontroll, så när hon kommer hem släpper hon allt och försöker varva ned och bli ett med naturen.

Det har inte alltid varit så. För fem år sedan var hon lyckligt gift med Olle. De bodde i en lägenhet i stan och hade hennes nuvarande hem som sommarstuga. Hon börjar fundera över detta nu när hon sitter på bryggan med sitt kaffe. Hon har alldeles nyss uttalat orden: Intet fattas mig. Plötsligt känner hon ett stygn i hjärtat, något hon inte gjort på länge. Hon upplever en stor saknad efter Olle. Han fattas henne. Hon hör hur hon skrattar till och hur hon med bestämd röst säger. -

Dumheter, du vet att det är över och att du har ett bra liv nu.

Just när hon uttalat orden kommer bilden av Ingmar farande genom huvudet. Varje gång hon träffade honom kände hon hur hon växte. Han lyckades att få henne att känna sig vacker, intelligent och rolig, något som Olle aldrig kommit i närheten av. Berit hade intalat sig att det var helt okey att träffa Ingmar eftersom hon blev trevligare och mer tillfreds efter deras möten. Det föll henne aldrig in att Olle förmodligen hade samma syn på henne, men att han allteftersom åren gått tagit mycket för givet och inte förmått uttrycka sina känslor för henne.

Hon minns en kväll när hon kom hem glad och sprallig. Olle satt framför TV:n och tittade inte ens upp när hon kom in i rummet. Efteråt har hon förstått att han skämdes över sitt handlande och inte ville se henne i ögonen. Hon visste att hon inte ville byta ut Olle, men när hon sedan fick klart för sig att Olle hade gjort samma sak som hon blev hon rasande. Det fanns bara en väg att gå: Skilsmässa.

 Långt efteråt började hon fundera över varför det blev som det blev. Delvis berodde det nog på hennes självhävdelsebehov. Hon har alltid haft svårt att se andras behov och önskningar.

Hon börjar huttra lite och känner en längtan efter att få prata med någon.

Berit reser sig upp och går in och ringer till Karin, en av sina väninnor, som har varit ett stöd under de första svåra åren efter separationen.

- Hallå, det är Karin, hör hon i andra änden.

De bestämmer att ta en fika uppe på stan om en
halvtimma.

Bertil känner den mjuka handen i sin och känner
ilningar i hela kroppen. Plötsligt stannar de.
-It´s here. You want come with me? Han hör hennes
fråga och hör samtidigt att han svarar:
-Yes. De går uppför en sliten trappa och han känner i
hela kroppen att han borde vända om och ta sig
därifrån, men han fortsätter. Till slut kommer de in i
ett mörkt rum. Hon tänder en lampa och ett dovt ljus
sprider sig i rummet. Han kan se en säng med ett rosa
överkast, en fåtölj i ena hörnet av rummet samt ett
litet bord vid sidan av fåtöljen. Hon sätter sig på
sängen och han ser nu att hon är ganska ung, men det
ser ut som om hon tycker att situationen är
spännande.
-Will you know how much, säger hon plötsligt. Han
känner sig som ett fån, där han står vid dörren och
inser att detta inte är ett vanligt kärleksmöte, utan att
han måste betala.
-Yes, svarar han försynt.
-A thousand rupies säger hon. Några hundra spänn,
tänker han. Det kan det väl vara värt. Han inser
plötsligt att han aldrig tidigare köpt sex och ett
reportage från Uppdrag Granskning passerar revy i
huvudet på honom.
-Come sit here, hör han henne säga. Han stänger av
TV:n i huvudet och sätter sig bredvid henne.
-What´s your name frågar han.
-Amy, and yours? säger hon.

-Bertil, säger han utan att fundera, men ångrar sig genast och tillägger: ´Lars-Bertil`.

Han grips av en plötslig rädsla att polisen ska komma instormande och tror att han har större chans att klara sig om han uppger ett falskt och lite komplicerat namn. Utan att säga något sätter han sig på sängen bredvid Amy. Hon lutar sig över det lilla bordet, där det står en bandspelare, trycker på en knapp och då hörs musik, samtidigt tar hon fram en tändsticksask och tänder ett ljus. Plötsligt känner Bertil doften från templet och inser att hon tänt rökelse och inte ett ljus. Den exotiska musiken och den suggestiva rökelsen gör att han börjar dansa. Han känner en enorm frihet och försöker få med sig henne, men hon sätter sig förskräckt på sängen och låtsas inte se honom. Till slut faller han ner bredvid henne, helt utpumpad, men lycklig.

Han befinner sig i ett okänt rum med en okänd kvinna som gör allt för att tillfredsställa honom. Nu är det hans tankar, som snurrar runt utan att riktigt stanna upp. Istället låter han sig dras med i njutningens karusell och hör sig själv utstöta läten som förut aldrig har kommit över hans läppar, vad han kan minnas. Efteråt känner han sig helt slut, men pigg på samma gång. När han öppnar ögonen ser han Amy som ler åt honom.

-Ok, now the money, please, säger hon utan att blinka. Musiken har tystnat och rökelsen är utbrunnen. Bertil känner sig plötsligt smutsig och vill komma därifrån så fort som möjligt. Han känner efter i byxfickorna och tar fram pengarna.

-Thank you, goodbye får han ur sig innan han
försvinner ned för trappan. När han kommer ner på
gatan tittar han sig omkring för att förvissa sig om att
han inte är iakttagen eller förföljd.
 Som vanligt är det massor med människor, som banar
sig fram mellan stånd och gatuförsäljning. Det känns
ganska lätt att försvinna i mängden och Bertil skyndar
på stegen för att så snabbt som möjligt ta sig från
platsen. Väl ute på en större gata ser han flera taxibilar
och bestämmer sig för att försöka hejda en och ta sig
tillbaka till hotellet. När han kliver in i taxin möts han
av en kyla som han inte trodde fanns i denna stad,
men chauffören ser lika oberörd ut som de gör som
befinner sig i trettio graders värme på stadens gator.
Kylan gör att han nyktrar till och en känsla av obehag
och äckel uppfyller honom.
Har han tappat kontrollen nu funderar han och i så fall
hur lycklig blev han av det? Han vill kräkas, men han
känner till sin lättnad att kylan hjälper honom att hålla
både huvudet och magen kall. Vem var egentligen
kvinnan han just besökt? Hon verkade inte nervös inför
sitt uppdrag, utan ganska lugn. Situationen var väl inte
ovanlig för henne, utan snarare vardagsmat. Nu
känner han skam. Han skäms när han tänker på att han
utnyttjat Amy, som nu plötsligt har blivit en person och
inte bara ett könsobjekt. Var bor hon, har hon en
familj, barn? Massor med frågor poppar upp i huvudet
på honom. Han funderar över hur olika förhållanden vi
lever under.
Här verkar de flesta vara ganska nöjda, trots att deras
liv är betydligt jobbigare och svårare materiellt sett än
hans. Samtidigt ger de inte uttryck för sina känslor

tycker han sig ha förstått. De skriker inte åt sina barn
och ler ofta istället för de sura miner man oftast möter
i Sverige. Men betyder det att de är nöjda och tillfreds,
eller är det ett sätt att förhålla sig till omgivningen?
Det är kanske en överlevnadsstrategi. Hans tankar
snurrar på och till skillnad från för en stund sedan så
landar hans funderingar och han bestämmer sig för att
ta en öl i hotellbaren när han kommer fram.

Berit skyndar sig att lägga på lite mascara och fönar
igenom håret så det inte ligger så platt på huvudet.
Hon har inte riktigt hittat sin frisyr ännu, men har
sparat håret och har bestämt sig för att låta det vara så
ett tag. Hon sätter på sig sina blå jeans och en vit
ganska dyr tröja. Innan hon går ut genom dörren tar
hon sin blå täckväst om solen skulle gå i moln.
När hon sätter sig i bilen tänker hon på Karin, som hon
känt i så många år. Ändå har de sällan pratat om riktigt
personliga saker. Karin har alltid varit den perfekta
väninnan, som gjort allting rätt. Hon gifte sig tidigt
med Johan, den snälle och omtänksamme mannen. De
fick Anton och blev en lycklig och lyckad familj. Berit
känner hur det knyter sig i magen. Hon och Olle fick
aldrig några barn trots att de båda hade önskat sig det.
Kan det vara en orsak till att det blev som det blev? En
annan skillnad mellan paren är att Karin och Johan
alltid är överens om det mesta. Berit kommer ihåg en
gång när de diskuterade semestermål. Den ene
föreslog Öland och den andra nappade direkt utan att
tveka det minsta. Olle och hon grälade sällan, men de

hade ofta olika åsikter och diskuterade högljutt. Trots några frågetecken ser hon Karin som sin bästa väninna. Berit är framme på tjugo minuter.
När hon kommer upp på stan känner hon plötsligt en frihetskänsla. Hon njuter av att möta alla dessa människor, som hon inte känner och iaktta dem för att genast fantisera om vilka de är, var de bor, om de är gifta och har barn osv. Ibland tänker hon att hon nog valt fel yrke, fast å andra sidan så har hon ju låtit människointresset ta över framför det kamerala och administrativa, som sekreterarjobbet egentligen innebär.

Karin har redan anlänt till kaféet och erinrar sig att det var ganska länge sedan hon och Berit träffades. Det ska bli kul, tänker hon. Hon tittar förväntansfullt på klockan. Berit är alltid så full av ideér och har oftast något roligt att berätta. Hon har ju ingen karl att ta hänsyn till utan kan göra vad hon vill. Senast de träffades tog hon med sig Karin på bio, en film som handlade om några väninnor, som sörjde över förlorad kärlek, men samtidigt firade sin nyvunna frihet. Karin hade inte uppskattat den så till den grad som Berit, men roligt hade de haft när de efteråt ätit en bit mat och diskuterat filmen.

 När Berit kommer fram till caféet ser hon Karin och skyndar sig fram och kramar henne.
Som vanligt öser Karin beröm över Berit, viket gör att hon blir på gott humör.
Hon glömmer nästan bort sina bekymmer och utbrister att det är viktigt att man känner sig tillfreds med sig

själv och inte fastnar i bitterhet över sitt åldrande.
Berit frågar Karin om hon har beställt vad hon ska ha?
-Nej, men jag tar en cappuccino. Vad vill du ha?
-Jag tar en Kaffe Latte och en muffins.
-Jag beställer och betalar denna gång så får du ta
lunchen nästa gång. Karin ger till ett litet skratt när
hon säger detta. Det ligger ett visst uns av sanning i
hennes påstående. Berit betalar gärna de gånger det
inte blir alltför dyrt, men hon tycker det är ganska ok.
De har känt varandra i tjugo års tid och kan säga vad
de tycker utan att den andra blir sur. Nu var det länge
sedan de var ute tillsammans så Berit har ingen känsla
av att hon förlorat på deras upplägg. Hon sätter sig i
hörnet på caféet, där det är ganska lugnt och inga
grannar som stör.

Plötsligt känner hon sig gråtmild. Varför sade hon det
där om att vara tillfreds med sig själv och inte bli
bitter? Det är ju precis det som håller på att hända
med henne. Karin kommer med kaffet och kakan och
dimper ned bredvid henne.
-Oj, vad du ser glättig ut säger hon med ett ironiskt
leende. Blev du sur när jag sa att du får betala nästa
lunch vi äter tillsammans?
- Nej, inte alls. Jag blev bara träffad av mina egna
förståndiga repliker. Vikten av att inte bli bitter och
vara nöjd med sig själv.
-Va, det tror man inte när man ser dig! Vad är det då
som har hänt?
-Det är väl inte något som hänt på sista tiden, men jag
har börjat fundera över mina val i livet. Du vet ju vad
som hände mellan Olle och mig.

Plötsligt befinner hon sig i deras vardagsrum för fem år sedan. Han går ut ur rummet, hans mobil ringer, hon svarar och en kvinna säger hallå, sedan lägger hon på. När Olle kommer tillbaka frågar han vem som ringde. Hon hör sig själv anklaga sin man och samtidigt ser hon hans förtvivlade ansikte framför sig när han erkänner att han varit otrogen.

-Jag förstår om du är arg och besviken. Jag förstår om du vill ha skilsmässa, men jag vill bara säga detta, även om det låter absurt: "Jag älskar dig och vill leva med dig". Berit tappade fattningen och skrek åt honom att lämna rummet. Sedan dess har de inte pratat med varandra mer än i samband med skilsmässan och då var det advokaterna som i första hand förde deras talan.

Berit hajar till och ser att Karin tittar frågande på henne.

-Ja, jag vet att ni har separerat och att Olle var otrogen, men inte så mycket mer. Du har aldrig riktigt velat ta upp detta ämne. Berit hostar till och säger sedan:

-Nej, jag har väl skämts och inte vågat avslöja mina innersta tankar.

När Bertil kommer in i hotellfoajén hör han pianoklink från baren. Han närmar sig ljudet med lite osäkra steg. Kan omgivningen se på honom var han kommer ifrån? Han rättar till skjortan och kollar gylfen, sätter sig på en av barstolarna och beställer en whisky. Det dröjer inte lång stund innan en kvinna kommer fram till honom och frågar om han är ny i staden. Detta är det sista han önskar sig nu, att bli uppraggad av en vacker kvinna. Han skulle behöva en svensk norrlänning som utan några åthävor skulle lyssna på hans berättelse och sedan säga något klokt och uppmuntrande när han berättat klart sin historia.

-It has been a long day and I am very tired, får han fram och kvinnan förstår vinken eftersom den är ganska tydlig. Hon lämnar honom lika snabbt som hon kommit. Bertil tittar sig omkring och får se en man sitta i ett hörn alldeles för sig själv.

Han skulle kunna vara svensk, t.o.m norrlänning tänker Bertil. Han tar sitt glas och går bort till mannen och frågar.

-Can I join you? Han får samma svar som han själv levererat alldeles nyss, och är nu övertygad om att mannen är från Sverige.

-Ok, är du svensk, säger han sedan lite bryskt. Mannen tittar förvånat upp och säger sedan på klingande dalmål:

-Ja, jag är från Falun. De brister ut i gapskratt och Bertil kontrar:

-Jag är från Eskilstuna och önskar just nu ingenting hellre än att få prata med en riktig svensk man.

-Om jag är en riktig svensk vet jag inte, men en riktig man är jag i alla fall, säger han på klingande dalmål. Bertil ser att han tittar misstänksamt på honom.

-Du behöver inte vara orolig! Jag vill bara prata man och man emellan.

Den nya bekantskapen ser lugn ut och undrar vad han vill prata om. Bertil får nu tillfälle att bikta sig för denne dalmas, som han inte ens har frågat vad han heter. När han är klar tittar mannen på honom och utbrister:

-Och......?

-Vadå, och.... säger Bertil. Jag har fruktansvärda
samvetskval nu både för att jag har bedragit min fru
och för att jag har utnyttjat en annan kvinna. Vad ska
jag göra?

-Inte säga något till din fru och glömma den andra
kvinnan. Hon har säkert en annan kund nu och har
glömt dig för länge sedan. Det man inte vet något om
har man inte ont av. Det sa alltid min gamla pappa och
han visste vad han talade om! Bertil tittar förvånat på
killen och inser att han inte vet vem han pratar med.

-Vem var din pappa då? frågar han.

-Han startade en textilindustri här på 60-talet och
bodde här långa perioder. Han skaffade sig en familj
här och en i Falun. Jag är här nu för att se om jag kan
hitta några halvsyskon. Mamma är död sedan några år,
så det är ingen risk att skada henne, om du förstår vad
jag menar.

-Va, säger Bertil. Vilken historia! Han skäms lite över
sina samvetskval, som verkar som rena barnleken i
jämförelse med detta. Har du fått något napp än då?
frågar han.

-Nja, både ock. Jag tror att jag är något på spåren, men
allt är fortfarande mycket osäkert.

-Levde din mamma hela livet ovetande om din pappas
affärer här nere?

-Ja, jag tror det. Hon sa i alla fall aldrig någonting, som
tydde på att hon kände till något. Dessutom så var hon
här några gånger och de semestrade i Goa i södra
Indien. Bertil känner sig omtumlad och plötsligt
infinner sig en trötthet, som han inte tidigare upplevt.

-Kan vi ses i morgon? Jag hjälper gärna till att leta om du vill. Vad heter du förresten?
-Bert Olls, och du?
-Bertil. Jag bor på rum 317, men vi kan väl träffas och käka frukost vid niotiden.
-Det blir bra! See you! När Bertil kommer upp på rummet funderar han över dagens händelser och bestämmer sig för att söka upp Amy i morgon och prata med henne, samtidigt är han väldigt nyfiken att få träffa dalmasen igen och följa med honom på hans "släktforskningsuppdrag".

Karin tittar frågande på Berit.
-Vad menar du, är det något som du inte har berättat, som du har undanhållit? Berit vet inte riktigt var hon ska börja.
-Du kommer kanske ihåg att allt gick väldigt fort. Som jag sa, så pratade vi aldrig igenom situationen ordentligt. Jag var så upprörd och kände mig lurad. Jag fick inte ens reda på hur länge de hållit på. Än idag vet jag inte det. Men vad som oroat mig den sista tiden är mitt eget agerande. Jag har också haft en affär.
-Va, vad är det du säger? När hände detta?
-Det spelar ingen roll, men det var medan jag och Olle var gifta. Det konstiga är att jag inte hade några samvetskval. Orsaken till det var att jag kände att jag älskade Olle, otroheten var bara ett slags bekräftelsebehov. Olle var ganska upptagen av sitt jobb och trött när han kom hem och jag kände att den andra mannen plötsligt gav mig självkänslan tillbaka.

Han såg mig och gav mig komplimanger. Samtidigt var han tydlig med att han inte skulle lämna sin fru så vi var ganska överens. Jag ville inte lämna Olle heller. När så bomben briserade och Olle erkände sin otrohet blev jag så chockad och förnärmad, vilket naturligtvis var fånigt eftersom jag suttit i samma båt. Nu efteråt har jag tänkt på hans ord att han älskade mig, något som jag då, när han sa det, tyckte var som ett hån. Idag tänker jag att han kanske
kände likadant som jag, ett äventyr, som inte betydde så mycket, men som fick ödesdigra konsekvenser.

Karin är alldeles blek och sitter och gapar utan att få fram ett ord.
-Nu känner jag mig lurad, kan jag säga. Man tror att man känner en människa, men inser efter detta att i de lugnaste vatten....jaa, vad ska jag säga? Jag är mållös, faktiskt besviken!
-Jag förstår det, säger Berit. Men du är den första och enda människa jag har berättat detta för. Men jag har sakta men säkert kommit fram till att vi i vårt samhälle lägger alldeles för stor vikt vid ett samlag. Karin avbryter henne.
-Men, jag förstår inte vad du menar. Tycker du att det är ok att ligga runt med kleti och pleti, att otrohet är en småsak. För mig är detta det mest intima och kärleksfulla man kan vara med om. Jag skulle aldrig kunna göra det mot Johan. Jag kan inte tänka mig att ta i en annan man heller, så jag förstår ingenting.

Berit känner att de nu kommit ifrån varandra och vet inte riktigt hur hon ska fortsätta.

-Tänk efter, säger hon. Du lever ihop med en person. Ni delar det mesta, kan prata om allt, har roligt ihop men eftersom ni har känt varandra länge så har den första spänningen försvunnit, men det finns fortfarande attraktion, som dock inte lyfts fram så ofta. Plötsligt möter du någon som närmar sig dig på ett mycket självklart sätt. Han uttrycker sin förtjusning och undrar hur många älskare du haft. Du inser nu att den värld du levt i har varit en skyddad verkstad. Utan att du egentligen bestämt dig för att hamna i denne mans armar så inser du efteråt att du varit otrogen. Dina känslor för din man har inte förändrats, snarare synen på dig själv. Du känner dig attraktiv och din självkänsla har stärkts, men ska denna händelse få förstöra det du och din man byggt upp under alla dessa år. Tänk dig ett annat scenario. Ett par, som inte har mycket gemensamt, bråkar ofta och ger varandra gliringar i andras sällskap. De är trogna varandra, men har egentligen inte särskilt roligt ihop. Vilket är värst? Kanske kan en otrohetsaffär sätta lite krydda på tillvaron och få dig att se på ditt "gamla" förhållande med andra ögon.

Karin har nu fått ett något mer samlat uttryck i ansiktet. Munnen är stängd och hon ser fundersam ut.

-Är det mig och Johan du tänker på, som ofta bråkar och inte har så kul ihop? säger hon lite sorgset.

-Nej, varför tror du det? Ni tillhör nog de par som jag tycker verkar ha hittat ett förhållningssätt till varandra som jag tror kommer att hålla på sikt. Ni är två självständiga människor, som kan företa er saker på egen hand, men ändå har ett gemensamt och till synes rikt liv. Stämmer inte det?

-Jo, i viss mån gör det väl det. Men jag kan känna igen mig i att det lätt går slentrian i förhållandet och att man tar varandra för givet på ett sätt som nog inte är så fruktbart på sikt. Ibland känner jag att vi har tappat spänningen i vår relation och det är nog inte så bra. Men jag tror inte jag är mogen för en affär på grund av detta, eller vad tror du? De börjar skratta båda två samtidigt. Berit tittar sig omkring för att förvissa sig om att de inte väckt alltför stor uppmärksamhet.

-Jag hade tänkt att du skulle ge mig råd, säger hon, men nu är det du som frågar mig. Om jag ska vara ärlig så tänkte jag nog på min chef Bertil och hans fru. De har i stort sett allt de behöver, men verkar inte ha så kul ihop längre. Hon vill vara hemma och han vill ut och fara, vilket innebär att han ibland åker iväg på egen hand. Det är väl ok, men hon gillar definitivt inte detta och är ganska bra på att meddela omgivningen sin åsikt.

Klockan är 8.30 och Bertil kliver ur duschen. Samtidigt är Bert Olls på väg ner i matsalen. Efter Bertils bekännelse har han inte kunnat släppa uppträdet i vardagsrummet för fem år sedan. Han skäms när han tänker på det. Visst han hade varit otrogen, men för honom var det mer som en jobbflirt. Det hade gått lite längre än det normalt gör på jobbet. Han minns att han hade blivit överrumplad när han märkte hur hon tittade på honom. När hon plötsligt drog in honom i en skrubb och kysste honom kunde han inte motstå frestelsen. Han hade inte en tanke på Berit. Henne hade han haft länge och tänkte ha länge till. Olle hajade till över sitt ordval, ha. Vad menade han? När han försökte att analysera detta kände han hur begreppen och orden löstes upp i kanterna och blev helt konturlösa. Han kunde inte sätta ord på vad han menade. Det enda han visste var att Berit var hans livskamrat och att han ville leva med henne resten av livet. Det andra var något humörhöjande för stunden, som en drink. Om inte det där telefonsamtalet hade kommit så hade allt varit som vanligt och han hade sluppit denna förlamande ensamhet. Tiden efter skilsmässan var som ett svart hål. Jobbflirten var över och han kände bara en stor tomhet. Han vet inte vad som hänt Berit, har inte vågat ta kontakt. Nu är han bara glad att han tagit sig an sin pappas hemlighet. Olle har stora förväntningar och hoppas att han ska hitta någon släkt eller bekant som känt hans pappa.

Trots att Bertil känner sig lite nervös och orolig inför dagens aktiviteter så ser han fram emot att träffa Bert Olls igen. Han inser att nu gäller det inte bara honom själv och hans dåliga samvete utan han måste vidga sina vyer och tänka lite större. I frukostmatsalen ser han sin nyvunne vän sitta vid ett fönsterbord med utsikt över floden. Bertil uppger sitt rumsnummer för kyparen och plockar med sig lite yoghurt och mackor innan han närmar sig Bert Olls.
-God morgon, har sömnen varit god? hör han sig själv säga när han slår sig ned vid bordet.

-Ja vars, för all del. Lite si och så, men jag klagar inte, säger han på klingande dalmål.
-Vad är planen för dagen och var kommer jag in i bilden? Vad vill du att jag ska göra?
-Det bästa är nog att vi delar upp oss. Det blir för uppseendeväckande om vi kommer två västerländska karlar. Vi är ju mycket större än alla andra, så det är svårt att smälta in i mängden. Jag har tre adresser som jag tänkte uppsöka idag. Den ena är fabriken, som pappa startade. Där är det idag något annat slags verksamhet, jag vet inte vad, men jag tänkte att det kanske finns någon där som har jobbat länge och som känner till den förre fabriksägaren och hans familj. Jag tänkte nog försöka ta mig dit. Om du vill skulle du kunna hälsa på en person, som ambassaden gav tips om, en kvinna eller möjligen en man, som skulle kunna vara en halvsyster eller halvbror till mig. Hen har en västerländsk pappa och en indisk mamma och bor i östra delen av stan. Det är inte alltid så lätt med namn här. Ibland kan ett namn tillhöra både en flicka och en pojke.
-Det låter spännande, men jag måste nog veta lite mer om din släkt, framförallt din pappa om jag ska kunna åta mig detta uppdrag.
 Bert Olls tittar ut genom fönstret och ser drömmande ut. Han börjar sedan berätta en helt osannolik historia om mannen som efter att ha blivit uppsagd från sitt arbete läste en artikel om Asien och vilka möjligheter som denna del av världen erbjöd. Han bokade sedan en resa och for iväg på egen hand för att rekognosera och kom hem eld och lågor och deklarerade att han i stort sett hade allt klart för att starta en fabrik.

Efter en kvart så avbryter Bertil honom och konstaterar att han nog har en någorlunda bra uppfattning av Bert Olls pappa och familj. Efter att ha fått en lite noggrannare beskrivning vart han ska ta vägen säger Bertil hej och de bestämmer att ses till middagen kl.18.00.
Det är länge sedan Bertil kände sig så upprymd. Plötsligt inser han att just nu upplever han det oväntade och att han håller på att släppa kontrollen. Det han var med om i det hinduiska templet och det följande besöket hos Amy känns avlägset. Nu gäller det inte att tillfredsställa sina egna behov. Nu är han i en annan människas tjänst. Han tänker tillbaka på sitt liv och inser att det mesta har kretsat kring honom och hans vilja. Visserligen upplever han att Anita, hans fru håller med honom om det mesta, men han har nog aldrig frågat henne. Opponerar hon sig inte samtycker hon, resonerar Bertil.

Efter denna inre bikt och dessa insikter ger sig Bertil ut på Delhis gator och inser snart att han måste ta en taxi eller kanske en rickshaw. Han klarar inte av värmen om han måste promenera, så han vinkar till sig en taxi, som ser fräsch ut. När han sätter sig i bilen upptäcker han att luftkonditioneringen är avslagen och han kan inte få chauffören att sätta på den. När han säger adressen så verkar det inte som om taxiföraren vet riktigt var den ligger. Han har en karta över Delhi, som han pekar på, men det märks att killen inte är van att läsa karta. Men han kör iväg och efter diverse inbromsningar och i nästa sekund rallyåkningar bromsar han in och pekar på en gata. Bertil betalar och kliver ur och säger dhanyavaad, tack på Hindi. Det ser inte ut att vara ett rikt område, små affärer, som snarare ser ut som lagerlokaler och om man tittar noga så ser man att bostaden är längst in och att TV:n står på. Han har ett namn nedskrivet på en lapp och en gata, på vilken han nu befinner sig. Hans hindi är inte den bästa, men han kan några ord: mujhe maaf keejie det betyder, ursäkta mig? Han går fram till en kvinna som rör i en stor gryta och räcker fram lappen och frågar:"yah kaun hai, vem är detta? Hon bara skakar på huvudet. Bertil känner redan att detta nog är en hopplös uppgift, men inser samtidigt att han inte kan ge upp så fort. Det kommer några barn springande emot honom och han ställer samma fråga till dem samtidigt som han sträcker fram namnet. De börjar skratta, eftersom de inte kan läsa. Han inser då att det troligen även är vuxna som inte behärskar denna konst.

Berit och Karin har suttit ganska länge och pratat. Ingen av dem känner att de är klara med varandra, men de måste bryta upp. Karin ska hem till Johan och äta lunch, som han har förberett. Plötsligt säger hon:
-Ska jag ringa Johan och fråga om det är ok att du hänger med hem? Berit blir lite överrumplad, men svarar efter en kort tvekan:
-Ja, det vore trevligt, men jag vill inte tränga mig på. Han måste svara ärligt! Efter att ha pratat med Johan meddelar Karin att det är helt ok att Berit följer med och äter lunch.

De känner sig lättade båda två att de inte behöver
skiljas redan och Berit säger glatt:
-Det är ju bra, nu kanske jag kan få en synpunkt till på
mitt problem!
-Va, tänker du ta upp detta med Johan. Karin ser helt
skräckslagen ut. Sätt inte några griller i huvudet på
honom är du snäll!
-Nej, du kan vara lugn, men det vore intressant att få
en mans perspektiv på detta också.
När de kommer in genom dörren luktar det gott,
lasagne. Johan möter dem och konstaterar att det är
ganska bra att de får en lunchgäst till. Albin, deras son
är på fotbollscup och äter inte hemma så det hade
blivit mycket mat över om de bara varit två personer
som lunchat denna lördag. Han har redan hunnit duka
fram en tallrik extra och bjuder dem att sitta ned.
Samtidigt som han slår av radion och programmet
"Tendens". Han är lite upprörd över det som
programmet handlat om.
-Jag förstår inte vart alla pengar tar vägen som vi
betalar i skatt. Varken skolan eller sjukvården fungerar
ju, säger han uppgivet.
Berit konstaterar att Johan verkar vara en engagerad
och sympatisk person. Hon kan inte låta bli att jämföra
honom med Olle. Han var också bra på att laga mat
och hade sina favoriter. Mer än en gång hade han
överraskat Berit när hon kommit lite sent från skolan
med en mustig gryta, som hade fått puttra på spisen
några timmar. Olle gillade att experimentera och
använde alltid olika kryddor och ingredienser, vilket
gjorde att det smakade olika varje gång. Men hon
minns också när hon suttit och väntat och undrat

varför han inte kommit hem och hur han till slut dök upp med en konstig min och en ännu konstigare förklaring. Plötsligt hör hon Johans röst och rycks ur sina funderingar:

-Var så god och sitt! Hoppas det ska smaka!

-Tack! Jag är faktiskt lite hungrig trots att vi fikade för inte så länge sedan. Det ser spännande ut! Är det alltid du som lagar mat på lördagarna?

-Nej, inte alltid, men Karin har ofta något hon vill uträtta och då passar jag på att ta det lugnt och greja lite i köket. Berit känner ett sting av avundsjuka. Tänk att ha någon hemma som pysslar och grejar i köket när man själv är ute och roar sig.

-Det låter för bra för att vara sant! Nu när du har varit hemma och tagit det lugnt och samtidigt tillagat en lasagne så har Karin och jag suttit på café och diskuterat otrohet. Johan hoppar till och ser lite osäker ut.

-Jaha, vem är det som har varit otrogen? Inte jag i alla fall säger han med skärpa i rösten, samtidigt som han oroligt tittar på Karin.

-Nej, det handlar inte om er, utan vi pratade lite i största allmänhet. Hur allvarligt man ska se på det, om det måste leda till skilsmässa eller om det finns andra saker som är lika allvarliga. Jag framförde synpunkten att vi idag lägger för stor vikt vid ett snedsteg och låter det förstöra en relation som innehåller så mycket annat.

Johan ser lättad ut när han förstår att samtalet har varit på en mer allmän nivå.

-Ja, i vissa fall kan man säkert tycka så, i andra fall är det kanske tecken på att relationen håller på att krackelera. Tilliten till den andre måste ju få sig en törn och jag skulle nog ha svårt att förlåta och bara gå vidare om jag skulle upptäcka att Karin varit ute och vänstrat. Han tittar på henne och hon ser alldeles uppgiven ut.

-Men det vet du väl älskling att det skulle aldrig kunna hända, säger hon och ser helt förkrossad ut. Men när du nu sagt A kan du lika gärna säga B.

 Berit tycker inte om känslan som uppkommit i samtalet. Det känns som om en av dem, Karin eller Johan har en dold agenda, som den andre inte vet om.

-Ok, men nu äter vi säger Johan annars blir lasagnen både kall och seg. De äter under tystnad. Ingen säger något till att börja med, men Karin tittar uppfordrande på Berit och nickar lite för att få henne att börja prata. Berit hade tänkt att berätta sin historia, men upplever plötsligt att det blir en pinsam stämning mellan Johan och Karin. Hon är inte säker på vad den beror på, men känner sig osäker på vad hon ska säga. Istället utbrister hon :

-Oh, vilken god lasagne! Hur har du burit dig åt att få lasagneplattorna så mjuka och mjälla?

-Jag låter dem faktiskt ligga i vatten ett tag, även om det står på förpackningen att det inte behövs.

-Ok, det är därför min lasagne alltid blir seg och torr då. Konstigt att de inte kan ge lite goda råd och tips på emballaget, istället för att locka in en i falsk säkerhet.

Karin reser sig plötsligt från bordet och ursäktar sig att hon måste gå på toa.

När Bertil har gått längs gatan i en halvtimme och visat lappen för de personer som han tror kan läsa utan att få napp misströstar han och är beredd att vända om och åka tillbaka till hotellet. Han får då syn på en kvinna som tittar nyfiket på honom. Hon sitter utanför en tvättinrättning och frågar honom om han behöver tvätta något. Hon talar engelska, så han går fram och visar namnet och frågar om hon vet vem denna person är. Hon tittar misstänksamt på Bertil och undrar varför han vill veta det. Han försöker då förklara så gott han kan varför han vill hitta denna person. När hon har hört om fabriken och Bert Olls pappa skiner hon upp och säger:

-Min man heter så där och han lär vara son till en svensk, men mamman är indiska. Bertil blir alldeles stum. Han har hela tiden trott att det är ett kvinnligt namn på lappen, så det blir första överraskningen, sedan har han givit upp allt hopp om att hitta någon som vet något så det är den slutliga överraskningen!

-Var är din man? frågar Bertil

-Jag vet inte, jag har inte sett honom på länge svarar kvinnan. Nu sjunker hoppet igen. Bertil har ingen reservplan. Nu har han hittat en person, men inte rätt person, vad är nästa steg? Han sätter sig ned på en stol bredvid kvinnan för att försöka räta ut begreppen och tänka klart.

-När träffades ni senast, frågar han.

-För en månad sedan. Han var hemma för att hämta lite kläder, sedan skulle han söka nytt jobb i södra Indien, som förman i någon fabrik. Det är billigare arbetskraft där nere så alla fabriker flyttar dit.

När Bertil frågar om mannen har några syskon får han
ett jakande svar.Han har en syster.
Han ber kvinnan skriva hennes namn på lappen och
frågar också om adressen. Hon ser lite tveksam ut och
säger att hon bara vet vilket område hon bor i. Hon har
ingen adress. Bertil känner nu att han fått så mycket
upplysningar som det är möjligt och tackar kvinnan
och tillägger att de kanske kommer att ses igen.
När han kommer tillbaka till hotellet går han till sitt
rum för att vila lite före middagen. Han tar fram datorn
och kollar om Anita, frun är inne på Skype. När han ser
hennes ansikte och den gröna pricken intill, ringer han
upp och det dröjer inte länge förrän hon svarar. Han
har inte tänkt på tidsförskjutningen, men det är
eftermiddag i Sverige så det är ingen fara. När han ser
henne och hör hennes röst blir han varm i hjärtat och
frågar hur det är med henne och barnen. Hon svarar
att de har fullt upp med skola och kompisar så hon ser
dem bara till måltiderna. Plötsligt inser han att Anita
har mycket tid för egen del nu när han är borta och
frågar vad hon gör på kvällarna nu när inte han är
hemma och underhåller henne.
-Det är väl intressantare att få reda på vad du gör
svarar hon snarstucket. Bertil blir lite ställd, men
berättar då om Bert Olls som han nyss träffat och om
den eventuella upptäckten av en halvbror till Bert Olls.
Samtalet avslutas och Bertil inser efteråt att han inte
fått reda på något om vad Anita sysslar med när han är
borta. En svag känsla av ovisshet börja gnaga inom
honom, men han intalar sig att han förmodligen är lite
extra känslig nu efter de senaste dagarnas upplevelser.

När Karin kommer tillbaka från toan tycker Berit att hon ser lite röd ut omkring ögonen, men säger ingenting. Johan tittar nyfiket på henne och frågar
-Vad är det som fått dig att börja tänka i de här banorna?
-Delvis är det väl självupplevda saker som jag börjat fundera på säger Berit och tar den sista tuggan lasagne. Jag ska inte trötta dig med min levnadsbeskrivning, men jag har reflekterat över just vad otrohet oftast får för konsekvenser i vårt samhälle och om det är värt att ge upp ett liv tillsammans med någon som man haft mycket trevligt ihop med, men svikit i detta avseende. Johan ser allvarlig ut, men intresserad.
-Ja, när man först hör om detta så reagerar man ju med ryggmärgen: Det är klart att det är fel att vara otrogen men ska man gå till Bibeln så står det ju att man inte ens får titta på en annan kvinna med åtrå. I så fall har varenda svensk man syndat åtskilliga gånger säger Johan med ett leende. Jag kan hålla med om att man oftast lägger för stor vikt vid just detta när man bedömer en relation. Om en man inte ser sin fru eller nedvärderar henne och behandlar henne som luft så straffas han inte. Det anses var en del i det äktenskapliga samlivet, som inte kan vara på topp hela tiden. Men om en av dem kommer hem och berättar att hen hamnat i säng med en tredje person då är loppet kört! Men det är klart, allt beror ju på hur det har gått till och varför. Det kan ju faktiskt vara så att en av dem har tröttnat på den andre och sökt något nytt och fräscht. Karin hostar plötsligt och skriker nästan rakt ut:

-Var det så det var för dig för tre år sedan? Berit ser helt förskräckt ut och reser sig och går fram till Karin och håller om henne.Det snurrar runt i huvudet på henne. Vad har hon satt igång? Hon hade inte i sin vildaste fantasi kunnat föreställa sig att hennes funderingar skulle åstadkomma detta kaos hos sin bästis Karin.

- Jaha, nu får ni ta det lite lugnt hör hon sig själv säga. Ska jag gå min väg så ni får klara ut detta själva eller vill ni att jag ska stanna? Karin snyftar och hulkar men får fram:

-Stanna, snälla du! Johan ser bedrövad ut, men samtidigt uppgiven och tillägger:

-Du kan nog hjälpa oss att prata sansat och utan falska anklagelser, så stanna gärna.

Bertil upptäcker att klockan passerat sex med några minuter, drar en kam genom håret och tar sig ned till matsalen. Han får syn på Bert Olls vid samma bord som vid frukosten.

-Hallå, säger han och slår sig ned. Har du beställt?

-Nej, jag ville vänta på dig. Har du hittat något intressant? Han ser piggare och gladare ut idag trots värmen.

- Gissa, svarar Bertil med ett snett leende. Men nu beställer vi. Jag tar röd currykyckling och en öl. Vad vill du ha?

-Jag tar samma, säger Bert Olls och fortsätter intresserat, vad har du hittat?

När de beställt sin mat berättar Bertil om sin dag och att namnet på lappen tillhör en man och inte en kvinna, men att denne man har en syster, som bor

någonstans i Dehli. Bert Olls ser väldigt nyfiken och road ut. Själv har han besökt sin fars före detta fabrik och träffat en gammal man som kom ihåg hans pappa och hade mycket att berätta om tiden då pappan bodde i Indien. Utan att Bert Olls behövde fråga berättade han om den kvinna som pappan slog sig ihop med. Han pekade ut var hon bodde och sa att hon fortfarande sörjde sin svenske man. Efter denna information kände sig Bert Olls lite illa till mods. Han hade inte tänkt att uppsöka denna kvinna utan bara försöka hitta eventuella halvsyskon. Bertil förstår Bert Olls tvekan, men kan inte dölja sin egen entusiasm.
-Det är klart du ska uppsöka henne. Hon har säkert information om dina halvsyskon.
-Men tänk om hon inte har en aning om att pappa hade en familj i Sverige. Då kommer ju hela hennes värld att rasa samman.Jag har redan orsakat så mycket skada genom att prata om sånt som jag borde ha tigit om. Bert Olls är uppenbart bekymrad och Bertil vet inte vad han ska säga. Men nu kommer maten och de äter under tystnad och tänker var och en på det som den andre nyss har berättat. Bertil är hungrig och äter fort upp sin mat, när han svalt sista klunken av ölet säger han:
-Jag tar en öl till. Vill du också ha? Bert Olls nickar, men verkar inte riktigt närvarande. När de fått sin andra öl börjar Bertil känna sig avslappnad och utbrister:
-Indien är i alla fall ett fantastiskt land, vänliga människor, god mat och billig öl! Vad kan man mer önska sig?! Bert Olls ser förvånat upp på honom och inflikar:

-Ja, det var väl det som farsan också tyckte så jag kanske ska axla hans mantel och slå mig ned här och skaffa mig en kvinna, som tar hand om mig på ålderns höst. Bertil tittar förvånat upp. Han har ju inte en aning om Bert Olls sociala liv i Sverige.

-Har du ingen som väntar på dig där hemma då, frågar han.

-Nej, inte direkt, men jag har inte så stor lust att slå mig ned här resten av mitt liv. Kvinnorna kan vara vackra att titta på, men de verkar lite barnsliga i mina ögon. Det är nog inte så lätt att förena två så olika kulturer. Farsan kunde ju åka till Sverige och vila upp sig. Det är ju inte klokt egentligen! Tänk att leva ett helt liv som dubbelagent, utan att kunna vara sig själv någonstans. Inte undra på att jag har blivit lite knepig!

-På vilket sätt är du knepig, undrar Bertil. Jag tycker du verkar helt normal och dessutom trevlig.

- Tack för de orden, men jag har inte alltid kunnat ta vara på de bra sakerna i livet, utan sabbat relationer och vänskapsband. Jag kan väl inte skylla allt på pappa, men det kan ju hända att hans oro har smittat av sig på mig, antingen genetiskt eller socialt.

Kvällen börjar bli sen och efter en lång dag är de båda trötta och bestämmer att träffas vid frukost och att sedan gemensamt försöka hitta systern till Bert Olls. Det är Bertils sista dag i Indien så han är angelägen att de kommer att lyckas med detta projekt. Han är van att kunna slutföra viktiga åtaganden och nu har han lyckats förpassa Amy till glömskans förflutna och är istället helt inriktad på att hjälpa sin nyfunna kamrat och hans sökande efter anhöriga.

Efter en orolig natt träffar Bertil Bert Olls vid samma
bord som kvällen och morgonen innan. Båda ser lite
trötta ut.
-God morgon, säger Bertil när han närmar sig bordet.
Bert Olls tittar upp, men säger ingenting. Hur är läget,
fortsätter Bertil. Du ser inte utsövd ut precis.
-Nej, det vore väl att ljuga i onödan. I natt har jag gått
igenom mitt liv och kommit fram till att det blir varken
bättre eller sämre om jag hittar några släktingar här.
Så jag har bestämt mig att avstå från letandet efter
eventuella syskon och styvmödrar.
-Va, utropar Bertil. Tänker du inte slutföra ditt livs
viktigaste uppdrag!? Är du alldeles från vettet!? Nu har
du ju dessutom fått en Mr Watson, som din assistent,
vilket gör att sannolikheten för att du ska lyckas är
betydligt större än om vi inte hade sammanstrålat.
Bert Olls tittar trött på sin nya assistent och ler ett
snett leende.
-Ok, jag gör det för din skull, ett försök till idag och om
det inte lyckas så far ju du hem i morgon och kommer
aldrig att få veta hur det går för mig.

Berit känner sig plötsligt stark mitt i detta kaos och
inväntar lugnt att någon av de andra två ska säga
något. Det dröjer några sekunder, men sedan tar
Johan till orda och hostar lite samtidigt som han
mycket lugnt och sakligt vänder sig till Berit.
-För att göra en lång historia kort så har jag vänstrat en
gång på en jobbresa.

-Jaha, säger Berit. Vad var det som fick dig att göra det? Hon tittar på Karin, som hela tiden ser ner i golvet utan att röra en min.

-Fick och fick. Jag vet inte vad som fick mig att göra det. Ibland är det omständigheter som gör att du hamnar i en situation som du inte helt bemästrar. Jag skyller inte ifrån mig, men som sagt, efter några glas vin och ett trevligt sällskap fattar du inte alltid de rätta besluten. Det är inget jag är stolt över, men jag berättade för Karin när jag kom hem eftersom jag inte ville leva med en sådan hemlighet resten av livet.

-Vad sade du då Karin? Karin ser överrumplad och samtidigt hämndlysten ut.

-Det kommer jag inte ihåg. Det enda jag minns är att hela min tillvaro rasade samman. Jag hade verkligen trott att Johan och jag var förenade med band som inte kunde skäras av. När han försäkrade mig att han fortfarande älskade mig och ville fortsätta att leva med mig så tog jag det till mig och accepterade situationen, men tilliten försvann, men jag upplevde konstigt nog något slags frihet i mitt eget liv. Jag har aldrig varit otrogen, men jag har låtit män smickra mig och flirtat med dem på ett sätt som jag aldrig skulle ha drömt om förut.

-Det har du aldrig berättat för mig, säger Johan och ser lite fundersam ut.

-Nej, varför skulle jag ha berättat om det?! Det hade väl inte förbättrat vår relation eller....?

Den här händelsen har i alla fall haft det goda med sig att jag har börjat lyssna mer till mina egna behov och inte alltid funderat över vad Johan ska tycka eller tänka. På något vis så insåg jag att livet inte är så förutsägbart och enkelt som jag trott. Jag skulle nog vilja säga att jag mognade över en natt kanske blev jag mer cynisk men samtidigt mer insiktsfull och verklighetsanpassad.

-Det låter ju jättebra, vad är då problemet utbrister Berit.

-Det finns alltid en misstänksamhet från Karins sida om jag ska göra något på egen hand och det tycker jag är jobbigt. Det innebär också att det blir små irritationsmoment i onödan så fort jag måste ge mig iväg någonstans.

-Det är ingenting jag rår över. Jag försöker verkligen inta en ställning som om jag inte bryr mig, men det är inte så jäkla lätt. Livet är inte rättvist. Männen blir bara mer och mer attraktiva trots magar och grått hår. Kvinnorna gör allt för att behålla sin ungdoms fräschhet genom diverse operationer och lyft, medan männen kan vara precis som Gud Fader har skapat dem utan några ingrepp hit eller dit.

En medelmåttig man upptäcker plötsligt omkring 50-årsåldern att yngre kvinnor kastar lystna blickar på dem och deras plånböcker. Tjejer idag har ju ingen skam i kroppen. I jämlikhetens namn så raggar nu tjejer och killar på samma villkor och medelålders män tror att de är speciella och enastående i dessa unga kvinnors ögon och inte en slit och släng vara som man skänker till Myrorna dan därpå!

-Oj, oj! Vilket inlägg i könsrollsdebatten, säger Berit. Så välartikulerad och retorisk har jag aldrig hört dig förut.

Plötsligt så öppnas ytterdörren och sonen Albin kommer in.

-Tjena, vad ni ser allvarliga ut, är det någon som har
dött eller...? Jag är hungrig, finns det någon mat kvar?
-Jag har lagat lasagne och Berit åt inte så mycket så det
räcker till dig också. Kom och sätt dig! Hur gick det på
fotbollen förresten? Johan pladdrar på och Berit reser
sig, tackar för sig och viskar till Karin att de kan höras
senare.

Efter en sen frukost beger sig de två nyvunna vännerna
ut i värmen. De har ett kvinnligt namn på en lapp samt
ett område i Dehli, men ingen gatuadress. Efter en
diskussion med en taxichaufför pustar de ut i den
luftkonditionerade bilen och hoppas att området de
ska till inte är alltför stort. De blir avsläppta i ett
område där ingen av dem har varit, men chauffören
pekar och vinkar och försöker uppenbarligen säga att
detta är stället. När de kommer ut på gatan
bestämmer de sig att gå åt var sitt håll och ha kontakt
via mobilerna. Inget ringande i onödan, men om någon
av dem stöter på rätt person måste de kunna nå
varandra.
Bertil tycker sig känna igen känslan från igår när han
gick och gick och nästan hade gett upp, men så
plötsligt fick napp. Idag är han därför lite mer
optimistisk och tilltalar i stort sett alla han möter. Efter
en stund har han en ganska stor grupp barn efter sig
som pratar och skrattar och ber om pengar. När han
visat lappen för några vuxna har de uttalat namnet.
Han har memorerat det så att han kan uttala det nu

:Abhari säger han till barnen, men de bara skrattar och efter en stund är han ensam igen.

Plötsligt ringer hans mobil. Han får inte fram den på en gång. Det är så varmt att fickan har klistrat fast sig vid benet men till slut får han upp den och kan svara.

-Varför tog det så lång tid innan du svarade? hör han Bert Olls fråga i andra änden.

-Strunt samma, mobilen hade klistrat sig fast vid låret. Har du hittat henne?

-Jag tror det, i alla fall någon som känner henne. Hon är inte här nu, hon jobbar i en annan del av Dehli, men om vi kommer tillbaka fram emot kvällen så kanske vi kan träffa henne.

Det är mitt på dagen och som varmast nu. De bestämmer sig för att åka tillbaka till hotellet, äta något lätt, ta ett bad i poolen och sedan vila lite innan de beger sig tillbaka till utgångspunkten. Lyckligtvis får han tag på en taxi och efter mycket tutande och många inbromsningar anländer han till slut till hotellet. Bertil lägger sig på sängen och faller i djup sömn. Han hör inte att mobilen ringer eller att det knackar på dörren. När han vaknar har klockan passerat sju och det är mörkt ute. Han känner sig omtöcknad och rådvill. Vad har Bert Olls tagit sig för nu? Har han struntat i alltihop eller har han tagit sig dit för egen maskin? Han hinner inte tänka mer förrän mobilen ringer. Den här gången svarar han direkt.

-Hallå, var är du? Varför väckte du mig inte? Har du hittat henne?

-Det var många frågor på en gång! Jag svarar på dem i den ordning du ställde dem. Jag är på mitt rum, jag försökte verkligen väcka dig. På den sista frågan svarar jag inte på telefon utan du får ta dig till mitt rum så kan vi prata om saken. Bertil blir alldeles kall och varm om vartannat. Han genomför en raggartvätt, kammar sig, sätter på sig ren skjorta och skyndar iväg.

När Berit kommer hem sätter hon sig i soffan och försöker tänka klart. I morse sprang hon sin vanliga runda och mådde jättebra. Eftersom hon börjat tänka på Olle och saknat honom ringde hon Karin för att få lite peppning och en kaffe. Sedan hade allt gått väldigt snabbt. Hon hade hamnat mitt i Karins och Johans äktenskapsproblem och nu visste hon inte riktigt vad som skulle hända. Hon funderar över sitt eget liv. Att hon vågade visa svaghet medförde i sin tur att hennes vänner avslöjade sina hemligheter. Kanske är det så att om man skrapar lite på ytan så kommer oanade saker fram hos de flesta par och familjer. Varför har vi en sån motvilja att visa våra brister och svagheter? Vi tror att alla andra är perfekta och utan fel och snedsprång. Hon minns sin barndom och minnet av hur yttre förhållanden kunde påverka hennes sinnesstämning. Ibland tänkte hon att det var något allvarligt fel på henne, att hon skulle komma att hamna på psyket. Hon kunde uppleva samma plats som två helt olika ställen, trots att allt såg likadant ut så var det stämningen som var olika. I ena fallet var allt ljust och glatt, i det andra mörkt och dystert. Hon kunde be sin pappa att köra runt kvarteret så de kom från "rätt håll". Föräldrarna förstod aldrig vad hon menade, men lät henne ofta få sin vilja fram. Om hon kom från fel håll blev allt dystert och ungefär som en film som går över från färg till svartvit. Som vuxen har hon funderat över vad detta stod för. Hon kan fortfarande erinra sig hur hon såg på samma plats på två sätt. Hon har försökt att hitta någon som upplevt ungefär samma sak, men inte lyckats.

 Hon vet idag inte om hennes föräldrar levde i ett evigt lyckligt parförhållande. Hon har fram till idag trott det, men undrar ibland om stämningen i bilen när de närmade sig hemmet eller sommarstugan avgjorde om hon kom "från rätt håll" eller inte. Vad är det som påverkar oss hur vi upplever tillvaron och våra medmänniskor? Ett är nog ändå säkert, vi skulle alla behöva lyfta på våra lock och släppa fram även sånt som vi inte alltid är så stolta över.

Det knackar på dörren. Det händer inte så ofta så Berit blir nästan lite rädd, men går ändå och öppnar.

Utanför står Karin.

När Bertil kommer fram till Bert-Olls dörr tvekar han en sekund innan han knackar. Men sedan händer allt i snabb takt.

-Hallå, vad har du hittat? frågar Bertil när han kommer in i rummet.

-Det är helt otroligt, säger Bert-Olls. Du kommer inte att tro mig. När jag kom tillbaka till stället där jag var idag träffade jag en kvinna, som jag började prata med. Det visade sig att hon hade en svensk pappa och en indisk mamma, samt en bror. Pappan kom hon inte ihåg, men mamman lever fortfarande och tar hand om

familjen när hon arbetar. Eftersom mamman gift om
sig när min pappa dog så har hon halvsyskon, som bor i
närheten. De vet inte att hon har en annan pappa.
Själv har hon två barn, som mormodern ser till när hon
jobbar. Det blir även kvällar, eftersom hennes
arbetstider är mycket oregelbundna.
-Fick du träffa mormodern, inflikar Bertil och vad
jobbar Abhari med?
-Lugn, du ska snart få veta mer. Eftersom jag förstod
att Abharis mamma hade förstått att pappa hade en
familj i Sverige också frågade jag om hon ville
presentera mig för sin mamma. Sagt och gjort. Vi klev
in i lokalen som utåt gatan var en tvättinrättning, men
som längre in tjänade som bostad för familjen. TV:n
stod på och en äldre kvinna stod och strök framför
den. Hon tittade upp när vi kom in och såg lite
förvånad, nästan rädd ut när Abhari gick fram och
viskade något knappt hörbart. Men då sken hon upp
och ställde ifrån sig strykjärnet, gick fram till mig och
gjorde den traditionella hälsningen. Jag besvarade den
på samma sätt. Hon var inte jättebra på engelska, men
hade lärt sig lite av pappa. Det blev en ganska livlig
diskussion, med många frågor och svar. Hon var mest
intresserad av att veta hur många syskon jag hade och
om min mamma levde.
-Fick du reda på vad hon jobbar med, frågade Bertil.
-Ta,ta,ta,ta! Du kan fråga henne själv! Utropar Bert-
Olls och öppnar badrumsdörren. Bertil får en chock när
kvinnan visar sig i dörren. Han tycker det ser ut som
Amy, som han träffade dagen innan och som fick
honom att tappa kontrollen. Det konstiga är att hon
verkar inte känna igen honom och nu uppstår en

mycket egendomlig situation. Ska han låtsas som
ingenting och glatt ställa sina frågor eller ska han lägga
korten på bordet och avslöja både henne och honom?

Berit blir förvånad när hon får syn på Karin och
utbrister.
-Men oj, kommer du? Jag hoppas verkligen att jag inte
ställt till något mellan dig och Johan!
-Nej, det är ingen fara. Jag kommer egentligen för att
säga tack. Jag har tänkt igenom det du pratade om när
vi fikade och har kommit fram till att du nog har rätt.
Förut har jag hela tiden skjutit undan vetskapen om
Johans snedsteg och trott att om jag inte tänker på det
eller låtsas att det inte har hänt så mår jag bättre. Men
det har varit en kamp inom mig, som jag insett att jag
aldrig kommer att vinna. Samtidigt så står jag fast vid
vad jag sa om män och kvinnors olika förutsättningar
när man kommer en bit upp i åren. Trots att männens
potens bevisligen minskar med åren så består den på
det yttre planet. Äldre män behåller sin
attraktionskraft medan äldre kvinnor förpassas in i
skuggan! Berit är fortfarande så förbluffad över
besöket så att hon inte ens har bett Karin stiga in, men
nu säger hon.
-Kom in, men jag tror inte du ska vara så pessimistisk
vad gäller äldre kvinnors attraktionskraft. Jag har
träffat många män som föredrar kvinnor i deras egen
ålder, som man kan prata med och som har samma
referensramar.

-Jo, det stämmer nog när det gäller längre relationer, men jag tror fortfarande att en man blir smickrad av att en yngre fräsch kvinna visar sitt intresse och då ofta inte kan motstå frestelsen att hoppa i säng med henne. Men det som du fick mig att förstå var just att detta inte behöver betyda att han inte älskar sin fru och vill fortsätta att leva med henne. Det är dock väldigt dubbelt, för naturligtvis finns det situationer när det blir ohållbart. Men jag tror att intentionen hos den som är otrogen spelar roll. Gör jag det för en kick eller är jag trött på mitt förhållande och vill byta partner? Naturligtvis är detta ingenting att rekommendera. Tilliten till den andre får sig en smäll och det kan vara svårt att riktigt tro på sin partner i fortsättningen. Men kanske skulle skilsmässorna minska om vi fick ett annat tänk omkring detta. Berit är helt förstummad. Hon skulle aldrig ha vågat tro att Karin skulle kunna komma fram till en sådan slutsats. De bestämmer att träffas om några dagar, men nu är det kväll och Karin ska hem till Johan.

Bertil orkar inte konfrontera kvinnan som står framför honom utan han hälsar med en lätt bugning och säger försynt att det var trevligt att träffas, samtidigt kan han inte med säkerhet säga att det är Amy som står där, men han tar det säkra före det osäkra och säger att han måste gå tillbaka till rummet och packa, eftersom han ska åka hem dagen därpå. Bert-Olls ser förvånad ut, men säger ingenting.

Efter en kort diskussion visar det sig att Abhari är mycket intresserad av att följa med Bert-Olls till Sverige och han erbjuder henne också att ta med sin mamma.

-Tror du att hon skulle vilja följa med? frågar han på knagglig engelska. Av någon anledning blir hans engelska lika dålig som den som han pratar med. När han pratar med en engelsman tycker han att han låter infödd, men när han samtalar med en indier kan man tro att han är från något land i Asien. Abhari svarar dock glatt att det tror hon säkert, men att han får fråga henne själv.Hon ser sedan lite tveksam ut, men lyser snabbt upp och konstaterar att hennes barn nog kan bo hos sina kusiner under den här tiden.

Eftersom kvällen är sen följer Bert-Olls med Abhari ner till receptionen och ut på gatan för att fixa en taxi. De bestämmer att han ska komma hem till henne och mamman dagen därpå. Nu har han bråttom att få träffa Bertil innan han ger sig iväg. Han tar hissen och åker till Bertils våning, knackar på, men ingen öppnar.

-Han har väl somnat, säger han halvhögt för sig själv, tar hissen och går långsamt mot sitt eget rum.

Hemma hos Karin och Johan har stämningen blivit bättre än vad den varit på länge. Karin har fått en ny lyskraft och Johan är bara förundrad. När Karin kommer hem från Berit har Johan gått och lagt sig. Vanligtvis lägger hon sig försiktigt på sin sida för att inte störa honom om hon av någon anledning skulle lägga sig senare än sin man. Men ikväll kryper hon resolut ner under hans täcke och kurar ihop sig mellan hans håriga ben.

-Kan vi inte åka till solen och värmen några dagar, bara du och jag? viskar hon i en förförande ton. Johan vaknar till och tittar på klockan, 23.30. Karin brukar vanligtvis inte diskutera semesterplaner vid den tiden. Han förstår dock att detta inte är en vanlig semesterplanering utan en önskan att komma närmare sin man genom att göra en resa. Han svarar därför vänligt.

-Absolut! Det tycker jag låter som en bra ide', men vi kan väl prata om det i morgon. Han känner hur den spända kroppen plötsligt känns avslappnad och hur hon släpper greppet om hans arm.

-Ok, det är nog klokt att sova nu säger hon och vänder på sig. Snart hör han hur hon snusar och uppenbarligen sover djupt. Det dröjer lite innan han själv somnar och han hinner fundera lite på diskussionen tidigare på dagen. Han inser att han som man haft en annan inställning till otrohet än vad Karin och Berit haft och undrar vad det beror på. Det verkar som om de nu har intagit samma position som han. Kvinnor lägger i allmänhet större vikt vid trohet i en relation, men han har aldrig förstått hur ett enskilt snedsteg kan förstöra en i övrigt bra relation. För kvinnan betyder tydligen själva kärleksakten eller samlaget mer än för mannen, som i vissa fall kan likna den med en god måltid. Man är sugen på något som man sedan förtär. Han inser att detta är ett ganska cyniskt sätt att se på en relation och är glad att hans tankar inte lämnar hans huvud. Sömnen infinner sig och han dras med i drömmarnas värld.

Vid frukosten följande morgon tar Karin upp frågan på nytt.

-Du har inte glömt vad du sa i går kväll va? Vi kan väl
kolla lite idag var och en och sedan bestämma något
som verkar vettigt. Eftersom det är lite vårkänning här
uppe i Norden så är det nog ganska skönt vid
Medelhavet nu. Mallorca kanske kunde vara något?
-Ja jag kan kolla lite under dagen, södra Frankrike är ju
inte heller så dumt, men allt beror ju på
flygförbindelser och vad det kostar.
-Ja, ja. Det är klart att vi inte behöver det lyxigaste
hotellet, men lite mysigt kan det väl få vara även om
det kostar lite!

Bertil har ingen lust att ta farväl av Bert-Olls, utan
skyndar sig att packa sin resväska och beger sig till
flygplatsen flera timmar innan han hade planerat. Det
surrar runt i huvudet och han har svårt att tänka klart.
På några få timmar har hans liv tagit en helt ny
vändning och han har inte kapacitet att ta kontroll
över tankar och handlingar längre. Det enda han är
fokuserad på nu är att komma iväg från hotellet och ta
sig till flygplatsen. Egentligen skulle han ha velat säga
hej då till Bert-Olls och förklarat hela situationen, men
i nuläget fixar han inte detta utan ser flykten som enda
utväg. Väl framme på flygplatsen försöker han checka
in sin väska, men eftersom han är så tidig så går det
inte. Han tar med sig den och går till loungen för
businessresenärer för att försöka sova några timmar.
Den är fullbokad, så han slår sig ner på en soffa nära
en rulltrappa. Just när han känner att han är nära att
somna hör han den mekaniska rösten från rulltrappan:

"mind the step!" och är genast klarvaken. Han försöker
hitta en plats lite mer i skymundan. Till slut slår han sig
ner bredvid en stor familj, som verkar sova allihop.
Efter cirka en halvtimma är hela familjen vaken och
samtalar med varandra på en ljudnivå som får Bertil
att tänka på ett skilsmässogräl. Han tar sin väska och
lommar iväg för att hitta ett lugnare ställe. Han inser
nu att det är dags att checka in väskan och sedan ta sig
till säkerhetskontrollen. Plötsligt ringer mobilen. Han
ser att det är Bert-Olls och trycket bort samtalet. Han
känner ett sting i bröstet men går med bestämda steg
till incheckningen och sedan mot säkerhetskontrollen.
Om tre timmar lyfter planet och han kommer att vara
på väg hem till sitt eget välkända jag, rektor på
Katrinelundsskolan i Eskilstuna, gift med Anita, far till
Pär och Gunilla. Han försöker känna sig glad när han
tänker på detta. Men istället känns allt som har med
Sverige att göra väldigt främmande och avlägset. Vad
är det som håller på att hända med honom? I vanliga
fall när han varit ute på egen hand brukar han känna
glädje och t.o.m.hemlängtan när han närmar sig
Sverige men idag känner han ingenting.

Bert-Olls försöker ringa Bertil, men får klart för sig från
receptionen att han givit sig av. Han förstår inte riktigt
varför, men har för närvarande fullt upp med att tänka
på sin halvsyster och hennes mamma och hur han ska
kunna ta med dem till Sverige. Det visar sig att de har
giltiga pass båda två och att Abaris barn får vara hos
sina kusiner under den här tiden.
 När Bert-Olls kommer tillbaka till Abharis mamma, Sue
så är hon redan resklar och tror att de ska ge sig iväg.

Han har fullt sjå att förklara att de måste köpa biljetter och planera resan lite mer i detalj. Hon ser lite besviken ut och säger:
-You see, I have all my life dreamt of going to Sweden and see all the places your father talked about. So I can't wait!
-Well, you have to wait just a week or so. I will try and buy tickets as soon as possible.
När Sue förstår att Bert-Olls menar allvar och håller på att planera för resan blir hon lugn, tar fram strykbrädan och fortsätter stryka de plagg hon inte hunnit med.

Karin och Johan bestämmer sig ganska snabbt att åka till Mallorca. De har hittat ett ställe på västkusten som inte verkar så turistiskt, men helt i deras smak, nära till havet, men samtidigt nära till lokalbefolkningen, marknader och affärer.
Berit hör av sig efter några dagar.
-Hallå, hur är dagsformen idag? säger hon lite hurtigt.
Karin är inte sen att svara.
-Toppen, vi har just bestämt att ta en tur till Mallorca för att koppla av och kanske uppleva gamla minnen. Vi var där i vår ungdom. Då var det ganska mycket hålligång, men vi tror att det har ändrats sig lite på den fronten och dessutom så har vi valt en annan del av ön, mer "medelålders" tror vi.
-Låter ju fantastiskt kul. Följer Albin med?
-Nja, nej. Det går inte. Han har ju skolan att tänka på. Idag är det i stort sett omöjligt att få ledigt för en

sådan här semesterresa. Vi har inte pratat med honom
än. Hm... du tror inte att du skulle kunna vara lite back
up för honom. Han klarar ju sig själv, men behöver en
vuxen att vända sig till om det skulle behövas.
-Jo, det är självklart. Vi kan nog hitta på lite roliga
saker. Du får väl fråga om det är ok för honom. Jag vill
inte tränga mig på om inte han vill.
-Absolut, jag ringer när jag har pratat med honom. Vi
åker nästa torsdag. Det var en sistaminutenresa så det
blev inte så dyrt.
Berit är helt förstummad över Karins nya ton. Hon
låter verkligen som en annan människa.
-Tänk att mina funderingar resulterade i detta, säger
Berit högt för sig själv. Kanske borde vi inte vara så
rädda att uttrycka våra innersta tankar inför varandra.
Ofta går vi och oroar oss över samma saker och när
någon törs "lyfta på locket" startar en våg av
medkänsla och i bästa fall igenkänning, vilket i sin tur
kan leda till förändring och förbättring.
Det blir spännande att höra om Anton kommer att
acceptera mig som morsa en vecka, funderar hon.

Bertil har skickat ett SMS till Anita för att informera
henne om sin ankomsttid. Han kommer att ta
flygbussen från Arlanda till Eskilstuna, men hoppas att
hon har kommit hem från jobbet på kommunen. Hon
arbetar som flyktingsamordnare. Eller kanske skulle
det vara skönt om hon inte var hemma när han
kommer hem, funderar han när han just tryckt på
sändknappen.

Han sover inte så bra som han brukar och känner sig ganska ringrostig när planet närmar sig Arlanda och sakta går ned för landning. Väl nere på marken inser han att våren inte har kommit så långt i Sverige och plockar fram tröjan han inte använt på hela tiden i Indien, som tur var hade han lagt ned den i handbagaget. För efter att ha väntat i över en halvtimma vid bagagebandet har hans väska ännu inte dykt upp. Han svär tyst och går bort mot disken för borttappat bagage. Eftersom klockan bara är 6.00 så har ännu ingen person öppnat verksamheten och Bertil blir stående mitt på golvet med sitt handbagage utan att veta vad han ska tagit till. Han bestämmer sig för att gå ut i ankomsthallen och försöka få kontakt med någon där och anmäla sin borttappade väska.

 Som vanligt syns ingen tullare till så han passerar utan problem. Det hade bara fattats att jag blivit stoppad här tänker han när han snabbt går förbi tullen. Han hinner knappt komma ut i ankomsthallen när han hör sitt namn ropas. När han tittar sig omkring får han syn på Anita som vinkar glatt.

-Är inte du på jobbet? säger han generat.

-Det är ju lördag idag och då brukar inte jag jobba.

-Nej, det är klart. Jag är inte riktigt tidsomställd än, så jag tänkte lite fel. Vad bra att du kom, då slipper jag ta bussen!

-Men var har du resväskan? Har du lämnat kvar den i Indien så att du snart måste åka dit igen?

-Nej, men det var ju en bra idé till en annan gång. Väskan var inte med på planet, så jag måste anmäla det här borta. De går iväg bort mot informationsdisken. Efter att ha blivit skickad till en

annan disk får Bertil till slut fylla i papper och kan
lämna Arlanda med sin fru Anita.

På vägen hem pratar Anita oupphörligt och berättar
om allt som hänt under den tid han varit borta. Pär och
Gunilla ser hon knappast till nu för tiden. De går båda
på gymnasiet, Gunilla sista året och Pär första och har
båda kompisar och fritidsintressen som gör att de
nästan aldrig är hemma. De påstår att de gör läxorna
hemma hos kompisar och att de sedan går och tränar
och umgås med andra.

-Du måste faktiskt ta ett snack med dem och kolla vad
de håller på med, säger Anita.

-Varför har inte du redan gjort det, om du är så orolig?

-Tror du inte jag har försökt? ”Det är lugnt, morsan” är
det enda de svarar. Men det verkar ju som om de
sköter skolarbetet, för jag har inte fått några klagomål.

-Nej, vem skulle våga klaga på rektorns ungar. Jag ska
kolla lite med deras lärare när jag kommer till jobbet
på måndag.

Karusellen är i gång och Bertil behöver inte svara på
några obehagliga frågor. Vardagsbestyren tar snabbt
över rektorns liv.

Det visar sig att Anton tycker att det är helt ok att Berit
är ställföreträdande morsa en vecka. Tillsammans åker
de ut till Arlanda för att vinka adjö till Karin och Johan.
Berit har planerat en överraskningslunch på vägen
hem, och eftersom Anton inte flugit så många gånger
tyckte han det var ”coolt” att åka ut till Arlanda och
kanske få en skymt av en Boeing eller något annat

stort flygplan. En Airbus, kanske! De hinner knappt se Karin och Johan och skyndar sig sedan till ankomsthallen. Plötsligt får Berit syn på Olle, tillsammans med en ung indiska och en äldre kvinna. De kommer uppenbarligen från Delhi och ett plan som just landat. Den äldre kvinnan skjuter en bagagevagn till brädden fylld med väskor och annat. Det ser ut som om de tänker immigrera till Sverige. Olle och den unga kvinnan pratar intresserat med varandra och har noll koll på omgivningen. Berit har svårt att låta bli att ropa på Olle, men hejdar sig och drar med sig Anton ut genom dörren för att i sista stund hoppa på en buss till Stockholm. Som tur är hinner inte Olle och kvinnorna med utan blir stående med all sin packning.

När hon får syn på sällskapet med Olle i spetsen ser hon plötsligt Olles pappa framför sig. Han kom alltid ensam, men med lika mycket bagage. Inte förrän långt senare hade hon förstått vad som pågick när han var i Indien och jobbade. Han hade alltid presenter med sig till barn och fru och var verkligen en mycket omtänksam och trevlig person. Men efter avslöjandet så hade hon haft mycket svårt att vara naturlig och känna sig bekväm i hans närvaro. Som tur var förstod aldrig Olles mamma vad som försiggick i Indien.

Det går många tankar genom Berits huvud men plötsligt hör hon Antons röst:

-Skulle vi inte stanna och käka någonstans? Hon rycker till och inser att planen redan är spräckt. Tanken var ju att de skulle sitta på restaurangen en trappa upp på Arlanda och titta på planen som landade och gick upp samtidigt som de åt sin mat. Hon försöker och verka som om hon har allt under kontroll.

-Jo, jag vet ett ställe i Gamla stan som jag tror du kommer att gilla. Det är väl inte så ofta som du är i Stockholm eller...?

-Nej, det stämmer så det blir nog bra med Gamla stan, låter mysigt. Om hon ska vara riktigt ärlig så är det inte så ofta som hon heller är i Stockholm, men hon hittar någorlunda. De tar tunnelbanan från T-centralen till Gamla stan och hittar snart restaurangen som hon pratat om. Som tur är, är Anton ganska pratsam och berättar om skolresan han gjorde till Stockholm och vad som hände när en av eleverna försvann och inte dök upp när de skulle åka hem. Berit har svårt att samla tankarna och funderar på Olle och de indiska kvinnorna. Hon inser att hon redan i tanken har kontaktat honom och försökt ställa allt till rätta. Nu känns allt förfelat och förstört. Uppenbarligen var han förtjust i den yngre kvinnan och det måste ju vara ganska allvarligt eftersom hennes mamma hade fått följa med.

-Du lyssnar ju inte! Hör hon plötsligt Anton säga. Du ser ju helt frånvarande ut. Vad är det som har hänt?

-Jag fick se en person på Arlanda som jag inte har sett på några år och blev lite förvånad och började tänka på honom som han var då jag kände honom, förlåt. Vad hände med eleven som inte dök upp när ni skulle åka hem? Så långt hängde jag med.

-Läraren fick stanna kvar i Stockholm medan resten av klassen tog tåget hem. Som tur var så svarade personen i fråga till slut på sin mobil och läraren och Joel, som eleven hette, kunde träffas och ta ett senare tåg. Jag vet egentligen inte riktigt vad som hade hänt, varför inte Joel hade kommit i tid. Vi frågade

naturligtvis när vi träffades i skolan dagen därpå, men Joel svarade bara undvikande och läraren ville inte heller säga något. Så än idag vet jag inte vad som hände den där torsdagen i oktober för tre år sedan.
-Tycker du det är jobbigt att vara tillsammans med Joel nu för tiden, eftersom han inte berättat vad som hände?
-Nej, jag tänker inte på det längre. Förmodligen hade han kanske gått vilse och skämdes för det. Jag har väl inte berättat allt som jag varit med om för honom heller. Anton torkar sig om munnen och konstaterar att det var en god biffstek, inte alls seg som biffar ibland kan vara. Berit betalar och de tar tunnelbanan tillbaka till T-centralen för att sedan ta ett tåg hem. På vägen hem har Anton sina lurar i öronen och lyssnar på musik, så Berit kan lugnt ägna sig åt sina tankar och funderingar.
När de kommer hem bestämmer de att Berit åker hem till sig och hämtar lite grejer för att sedan komma tillbaka till Anton och installera sig i hans hus. På vägen hem till sitt hus snurrar det av bilder och ansikten i hennes huvud. Hon har ingen möjlighet att ordna upp tankeverksamheten och få något slags struktur på tänkandet. Som tur är så ska hon jobba dagen därpå och slipper fundera så mycket på sina privata problem.
-Bertil är väl tillbaka från Indien nu, tänker hon. Jävla Indien varför måste det landet dyka upp ideligen!?
Hon rafsar ihop lite kläder och plockar ihop toalettsakerna i necessären, kollar i kylskåpet om hon behöver ta med sig något som kan bli förstört om det ligger kvar utan att ätas upp inom den närmsta

framtiden. Berit kastar ett sista öga i brevlådan innan hon sätter sig i bilen och kör mot Anton och Villavägen.

När Bert-Olls, Abhari och hennes mamma, kommit fram till Falun är de ganska trötta. Bert-Olls visar in dem i huset och försöker förklara att han bor ensam där och att de får bo i gästrummet, som har egen toa med dusch. De tittar sig omkring och utbrister att det ser fint ut. Han hjälper dem in med alla grejer och säger sedan att han ska fixa mat. Abhari packar upp och plockar in kläder i garderoben och i byrån. Sue sitter på sängen och konstaterar: "thanda" Det betyder" kallt" och Abhari plockar fram en tröja och ger henne.

Under tiden har Bert-Olls åkt iväg till en thairestaurang och beställt lite take away. När han kommer tillbaka sitter de båda kvinnorna i köket och ser lite bortkomna ut, men när de ser vad han har i kartongerna skiner de upp och snart smackar och tuggar hela sällskapet glatt och Sue pratar på och vänder sig till Bert-Olls och ser ut som om hon tror att han förstår vad hon säger. Abhari ursäktar henne och säger att hon vill tacka honom för att hon har fått göra denna resa. Sedan börjar hon fråga ingående om Bert-Olls pappa Erik. Har han bott i detta hus? Var jobbade han? Hur många barn hade han i Sverige? Finns det några foton på familjen? Bert-Olls inser nu att Sue är den av de två som är mest angelägen och nyfiken på honom och hans familj och det är väl inte så konstigt tänker han för sig själv.

Trots att de har åkt långt och är trötta sitter de uppe
sent och tittar i album och går runt i huset, som är
Bert-Olls barndomshem. Han flyttade hit efter
skilsmässan. Det var i samma veva som hans mamma
dog, så det passade bra att han tog över huset. Hans
syskon hade redan hus runt om i Sverige så de var inte
intresserade. Till slut säger Sue att hon är trött och vill
gå och lägga sig. Abhari sitter kvar ett tag och börjar
ganska snart berätta sin historia. Hon berättar att hon
jobbar i en bar på kvällarna och städar på hotell på
dagarna. Bert-Olls blir förskräckt och frågar hur hon
har orkat. Abhari försöker förklara att hon inte haft
något alternativ. Mammans tvättinrättning räcker inte
till att försörja familjen och hon har sökt olika jobb,
men kommit fram till att hon var tvungen att ha två
jobb och tjänade ganska bra. Bert-Olls inser att: vem är
han att kunna döma henne. Är det värre att ha två
jobb än att bedra två kvinnor i två länder med två
familjer? Han kommer aldrig att komma till rätta med
sin pappas dubbelliv. Abhari går också och lägger sig,
men Bert-Olls sitter uppe och funderar samtidigt som
han tittar i de gamla albumen. Han ser glada barn, en
kvinna som verkar till freds med livet, sommardagar
med bad och lek. Ingen av människorna på bilderna
verkar ha tagit skada av Eriks sätt att leva, men vad
hade hänt om mamman fått reda på förhållandena
innan hon dog? Bert-Olls törs inte tänka tanken.
Pappan hade berättat för honom en tid innan han dog
och tagit ett heligt löfte av Bert-Olls att aldrig berätta
något för modern. Han hade försökt förklara att han
älskade henne och aldrig hade velat skada eller bedra
henne. Men när han kommit till Indien och börjat

arbeta med fabriken mötte han Sue och blev störtförälskad. Han tyckte att han var två personer, med olika liv, ett i Indien och ett i Sverige. Det var inte samma person som landade på Arlanda, som hade givit sig iväg från Dehli och Sue. Han kunde inte förklara det på något annat vis. Bert-Olls har nog aldrig riktigt förstått vad han menade, men samtidigt så har han ju också bedragit sin fru, som han egentligen älskade. Nu efteråt ser han det mer som ett äventyr som inte betydde så mycket, men som orsakade skilsmässa från kvinnan han en gång lovat evig trohet. Bert-Olls slår igen albumen och går en trappa upp för att försöka sova några timmar.

När Berit kommer hem till Anton är Antons kompis Joel där och de är i full gång med dataspel och chipsätande, så Berit kan i lugn och ro förbereda sig för morgondagen och skolsekreterarjobbet. Hon går in på datorn för att se vad som har hänt sedan i fredags. Bertil har tydligen kommit hem och vill träffa personalen innan skolan börjar.
-Jaha, tänker hon, jag undrar om han tänker visa diabilder från Indien. Hon vet mycket väl att diabilder inte existerar längre, men när det gäller Bertil skulle ingenting förvåna henne. Hon ser också att en av lärarna har anmält sig sjuk och då bör hon se till att någon annan tar sig an hens lektioner.
För övrigt så är det idrottslag på torsdagen i den kommande veckan, vilket innebär att hon kommer ha det lugnt och skönt den dagen, men hon måste kolla

att de ansvariga inte glömt bort sina åtaganden. När hon stänger ner datorn för kvällen känner hon sig tacksam över det jobb hon har trots allt. Det känns aldrig tråkigt att åka till skolan och hon har aldrig en klump i magen när hon tänker på sitt jobb och sina arbetskamrater för att inte tala om eleverna. De är för det mesta toppen. Hon har aldrig förstått sig på alla klagomål på skolan och eleverna som hörs idag. Samtidigt inser hon att hennes skola inte är representativ för hela landet, men det beror inte på att ungdomarna kommer från socialgrupp ett och rikare områden utan snarare på att personalen är engagerad och att klasserna inte är så stora. Alla känner alla och tar därför ansvar för varandra.

 Plötsligt hör hon ett tjut inifrån Antons rum och blir snabbt medveten om nuet och sin nya roll som extramorsa. Hon knackar på hos Anton och hör ett målbrotts-"kom in!". När hon kliver in i rummet ligger båda killarna på golvet och kvider av skratt. De försöker förklara, men hon fattar "nada" och meddelar så glättigt hon kan att det nog är bäst att Joel går hem och att hon och Anton ska äta något innan det är dags för nattning. Joel tittar förvånat på Berit och utbrister:
-Jag lägger mig när jag vill och Joel kan väl också få äta med oss!? Vad blir det, förresten? Berit blir en aning förvånad över Antons utspel, men svarar lugnt att hon tänkte åka och köpa pizza.
-Låter toppen, svarar Anton. Vilken sort vill du ha Joel? Jag tar en Capprichosa. Joel ser lite förlägen ut och svarar undvikande att han nog ska gå hem eftersom hans mamma meddelat att de äter tillsammans på söndagskvällar. Berit sänder en tacksamhetens tanke

till Joels mamma och frågar Anton om han vill följa med och köpa pizza. Svaret blir nekande så hon och Joel gör sällskap ut och hon tar bilen medan Joel tar cykeln.

 På vägen till pizzerian funderar hon över Antons berättelse om skolresan och Joels försenade ankomst. Antons reaktion förvånade henne. Han hade aldrig fått reda på varför inte Joel hade kommit till stationen i tid och uppenbarligen brydde han sig inte om det. Är det vi vuxna som har ett så stort kontrollbehov att vi till varje pris ska ha hela sanningen och inget annat än hela sanningen. Barn och ungdomar har en förmåga att leva i nuet som verkar försvinna när man kommer upp i mogen ålder. Då ska rättvisa skipas och ingenting får sopas under mattan. Kanske skulle livet vara lättare om vi var tacksamma över det som är och inte hela tiden funderade över det som var. Tankarna bryts när hon kommer fram till pizzerian. Av någon anledning börjar hon prata med killen bakom disken när hon gjort sin beställning.

-Hur länge jobbar du om dagarna? Killen tittar lite misstänksamt på henne och säger sedan:

-Det beror på, om jag är ensam eller inte, hurså?

-Jo, jag har bara fått för mig att ni som jobbar i den här branschen jobbar jämt och att det måste vara påfrestande att aldrig vara ledig.

-Nej, det fungerar nog inte så. Jag försöker se varje kund som en god vän och en person som gör att jag kommer att bli rik en dag (bullrande skratt.) Sedan kommer det alltid in kompisar och pratar och skämtar så jag har aldrig tråkigt. Jag försöker se det som är bra

och kul just nu, tänker inte så mycket på framtiden
eller baktiden, nej jag menar dåtiden! Skratt igen!
Berit lämnar restaurangen med ett leende och tänker
att det var nog ganska bra råd hon fick. Tänk inte så
mycket på framtiden eller baktiden heller för den
delen!
Pizzorna intas framför TV:n och Berit meddelar sedan
att hon för sin del drar sig tillbaka och kommer att gå
upp 6.30 nästa morgon för att hinna till skolan i tid.
Anton vill bli väckt 7.15. Han tar bara en macka innan
han cyklar iväg.

När Bertil kommer till skolan är Berit redan på plats.
De hejar och hon frågar om han haft det bra.
-Ja, säger Bertil, vi kan ta det lite senare. Nu måste jag
förbereda mötet vi ska ha. Han stänger dörren om sig
och Berit undrar vad de ska ta senare. Hennes fråga
var ju bara en artighetsfras. Hon är inte intresserad av
några närmare upplysningar.
Efter mötet knackar det på Berits dörr och Bertil
sticker in huvudet:
-Har du en minut? frågar han.
-Ja, visst svarar Berit. Kom in!
-Du är ju en klok kvinna, börjar han. Berit blir lite
misstänksam, men säger inget. Kan du bevara en
hemlighet?
Nu börjar det bli riktigt intressant.
-Ja, det är klart jag kan. Men tänk dig för så du inte
ångrar dig sedan, säger Berit förnumstigt.
-Du, vet ju att jag har varit i Indien.

-Har du träffat någon som du vill ta hit, avbryter Berit.
-Nej, tok heller. Men jag råkade falla i en kvinnas
händer och nu har jag sådana samvetskval inför Anita.
-Råkade falla i en kvinnas händer, hå håja ja ja. Det
låter passivt och bra. Vad vill du att jag ska göra åt det?
-Du kan inte göra så mycket, men jag skulle vilja ha
dina synpunkter. Du har ju gått igenom en skilsmässa.
Var det värt det? Jag älskar ju Anita, tror jag och den
här kvinnan betyder ju inget för mig. Ska jag berätta
för Anita vad som hänt och förklara att det var ett
misstag och inget som betydde något eller ska jag tiga?
Vad tycker du? Berit blir plötsligt berörd. Nu gäller det!
Kommer hennes teorier att hålla i verkligheten?
Innan hon hinner svara berättar Bertil historien om
Bert-Olls och hans pappa, om Abhari, och hennes
mamma. Han försöker förklara att när han var i Indien
så bleknade hans egen upplevelse i jämförelse med
Bert-Olls historia, men nu när han har kommit hem så
kan han inte sluta att tänka på vad han har gjort.
Berit tappar nästan talförmågan.
-Bert-Olls, säger hon, det är ju min Olle, som jag var
gift med. Han kommer från Falun.
-Va, utbrister Bertil, det kan inte vara sant!! Först så
träffar jag på dalmasen i Indien och biktar mig för
honom, sedan gör jag ett nytt försök att bli av med min
börda och berättar min historia för dig, då har du varit
gift med honom! Helt osannolikt!
-Vad gav han dig för råd? frågar Berit nyfiket.
-Det man inte vet, lider man inte av. Det var hans
pappas motto i livet.
-Jaha, det kan man kanske förstå utifrån hans
livssituation. Så du menar alltså att Olle har tagit med

sig sin halvsyster och hennes mamma till Sverige. Berit känner nu att detta är betydligt intressantare än att Bertil har vänstrat i Indien och blir plötsligt på ganska gott humör. Vet du, jag tycker faktiskt att du ska glömma det som hände i Indien, om det inte betydde något för dig. Kanske kommer det ett tillfälle när det passar bra att bikta dig för Anita, men jag tycker du ska lugna dig lite. Man ska berätta sanningen, men kanske inte hela sanningen sa visst Göran Persson en gång i tiden. Det kan vara ett gott råd. Fundera på det.

-Historien är inte slut här säger Bertil.
-Det är en sak som jag inte har nämnt, en ganska viktig sak.
-Jaha, ut med språket nu! Vi kan inte sitta här hela dagen utbrister Berit, fortfarande ganska upprymd.
-Jo, hm, hm det förhåller sig på det viset att kvinnan jag träffade i Indien är Olles halvsyster, tror jag. Jag är inte helt säker. Kvinnorna är likadant klädda och ser likadana ut, så det är inte lätt att skilja dem åt. Men jag har inte sagt något till Bert Olls om mina farhågor. Jag hann ju aldrig prata med honom innan jag gav mig iväg.
-Nä, nu får du väl ge dig. Det här är ju som den värsta deckare, fast ingen är ju mördad å andra sidan.
-Än, skjuter Bertil in.
-Vad menar du? Är det risk att någon blir mördad?
-Nej, men man kan ju tänka sig att någon skulle kunna begå ...
-Va, varför då?
-För att personen har blivit sviken.

-Nu tror jag du tillmäter dig lite väl stort inflytande över andra människor.

-Jo, så är det nog, men jag smet ju ifrån Olle och skulle nu vilja träffa honom och förklara situationen, men jag vet ju inte vad han vet om sin halvsyster. Det kanske skulle ställa till problem i deras relation. Allt är verkligen en enda röra!

-Ok, nu tar vi det från början. Du begick ett misstag med Olles halvsyster, tror du, men det visste du inte om vid det tillfället, att det var Olles syster alltså. Olle kan ju inte bli arg på dig för det, eftersom systern träffar många män under ett pass.

-Nej, men Olle kanske inte vet något om detta ännu! Han kanske tror att hon jobbar på fabrik eller var som helst.

- Ok, skicka ett SMS och be om ursäkt att du försvann, hitta på något! Du fick magont, diarré eller något annat trevligt, sedan frågar du hur han har det, om kvinnorna har följt med till Sverige och vad de har för planer. Då kanske du kan utröna om han vet något om sin syster

-Ok, men Anita ska jag hålla utanför detta eller...?

-Du kan väl berätta om Olle och Olles pappa då kommer ju ditt snedsteg att framstå i mycket positiv dager den dagen du bestämmer dig för att avslöja din hemlighet.

-Det har du rätt i, så långt har jag inte tänkt!

När Berit kommer hem på eftermiddagen tar hon en kopp te och frågar Anton om han är sugen, men han avböjer. Han har faktiskt en läxa att göra innan dataspelet tar hela hans uppmärksamhet.

Hon sätter sig framför datorn och bestämmer sig för att skriva några rader till Olle. Det är inte så svårt att börja, eftersom hon kan berätta om Bertil, som är rektor på hennes skola och hur hon fått reda på Olle och hans efterforskningar av släktingar. Efter det kommer några mer personliga rader om hur hon funderat den senaste tiden. Hon avslutar med en fråga: skulle du vilja träffa mig över en bit mat, någon gång den närmaste tiden?

Det dröjer ett tag innan hon törs trycka på sändknappen, men till slut gör hon det och känner hur hon skakar i hela kroppen.

Det dröjer någon dag. Det känns som år! Sedan kommer ett positivt svar från Olle. Han vill gärna presentera henne för sin halvsyster och hennes mamma. Skulle hon kunna komma upp till Falun och hälsa på dem?

Berit är inte sen att svara. Hon inser att det inte blir någon romantisk middag för två, men förstår samtidigt att Olle menar allvar när han vill att hon ska träffa hans halvsyster och hennes mamma. Hon känner att hon har landat i nuet, men ser med tillförsikt framtiden an och hoppas att hon inte ska behöva ödsla tid på baktiden!